내가 꽂인 줄도 모르고

김영환 시집

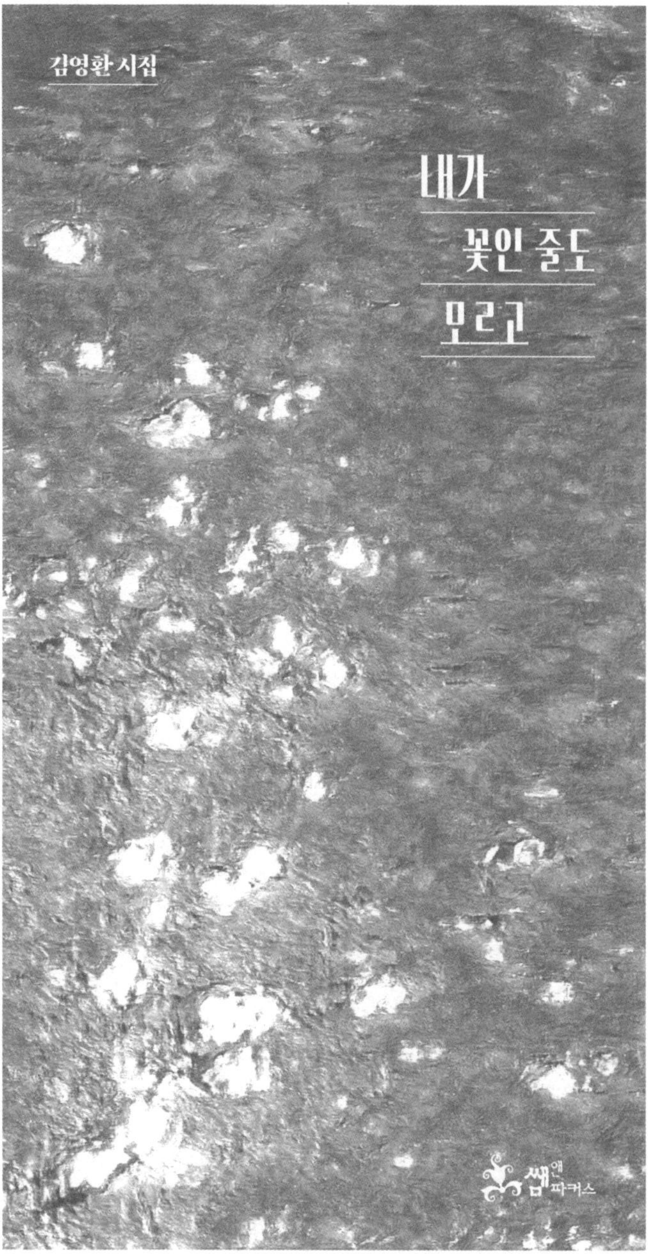

김영환 시집

내가 꽃인 줄도 모르고

쌤앤파커스

시인의 말

시들은 대체로
불면의 새벽에 태어났다.

나는 쉬지 않고 호숫가에 시의 나무를 심었고
작은 정원을 만들었다.

인생은 결국 '사랑의 정원'을 남기고 떠나는 일인가!

내 옆에는 아직도 '가난과 고난의 축복'이
두 눈을 크게 뜨고 서 있다.
그것이 내 시의 샘이다.

달천강가에 서서
흐르는 강물 앞에서 "나는 누구인가"라고 속삭였다.

"네가 꽃인 줄도 모르고" 메아리가 돌아왔다.

달천강가에 윤슬이 빛나고 있다.

2024년 10월
김영환

차례

그대 떠난 길 위에

김영환 작시

돌아와요 그대여
골목길에서 못다 부른 노래가 있어

가을에는 단풍 들고
또다시 낙엽 지고

돌아와요 나의 곁으로

수척한 어머니 품으로
꽃을 든 친구들 곁으로
이곳으로

돌아와요 그대여
그대 떠나간, 그대 떠난 그 길 위에 서 있어

아시탕이 피어나고
꽃 피는 봄이 오면

돌아와요 나의 곁으로

잠시 잠깐
바람처럼 구름처럼
떠돌다

돌아와요 그대여

온통 그리움뿐인 것을
사랑하는 나에게로 품고

돌아와요 돌아와요 그대여

돌아와요 그대들

── 구인사 가는 길

김영환 작시

그대는 세상 떠나고
이제는 누구와 손잡고
저 봄길을 걸으랴

함께 걷던 그 길에
능소화 핀다

지난 시절
내가 걸어
한 송이 꽃이 되고

그대와 함께
산에 올라
숲길이 되었지

노실어라
숨 가빠라

그대는 떠나고

함께 걷고
함께 오르는 것이
인생인 것을

그대는 세상 떠나고
이제는 누구와 손잡고
저 산길을 오르랴

함께 오르던 돌계단
능소화 핀다

지난 시절
내가 걸어
한 송이 꽃이 되고

그대와 함께
산에 올라
숲길이 되었지

함께 걷고
함께 오르는 것이
인생인 것을

그대 떠나고 난 후
그대 떠나고 난 후

─── 낙엽

김영환 작시

다 버리고 갈거나
다 돌아갈 거나

누구든 밟고 가라고
누구든 가져다 태우라고

길에도 버리고 가게
강물에도 흘러가게

만나거나 헤어지거나
미워하거나 용서하거나

낙엽처럼만
낙엽처럼만

살아 있으니
사랑하고 가게

── 홀씨

(바리톤)   (소프라노)

김영환 작시

겨울 산에 눈 내리니
문밖에 아버지 오셨나 보다

봄 들녘에 개망초꽃 피니
동구 밖에 어머니 오셨나 보다

다 주고 가셨지
남김없이 주고 가셨지

그 사랑 어디다 홀씨처럼 뿌리랴
아지랑이 피어나고 봄바람 불고

양지바른 언덕배기
할미꽃 핀다

니 이제 나이 들어
또다시 봄 오니

주신 사랑 어디다 홀씨처럼 뿌리랴

아지랑이 피어나고 봄바람 불고

양지바른 언덕배기

할미꽃 핀다

___ 내가 꽃인 줄도 모르고

김영환 작시

내가 꽃인 줄도 모르고

너무 긴 세월
꽃을 찾아 나섰습니다

세상이 온통 꽃인데
흐르는 강물만 바라보았습니다

너무 많은 시간을
꽃을 품고서도 꽃을 찾았습니다

꽃은 어김없이
어둠의 끝자락에 피어납니다

그대가 별인 줄도 모르고

너무 긴 시간

별을 찾아 나섰습니다

세상이 온통 별인데
푸른 하늘만 올려다보았습니다

너무 많은 세월을
별을 품고서도 별을 찾았습니다

별은 어김없이
어둠의 끝자락에 태어납니다

____ 단순 조립공의 하루

김영환 작시

종종걸음의 출근길 출근카드가

타임 레코더에 덜컥 찍히는 순간부터

우리는 이제 우리가 아니다

이름을 수위실에 맡겨두고

예비종 울리면 작업장에 늘어서

조례를 선다

멸시천대 눈보라로 날리는 제조과

라인 옆에 줄지어 서서

"우리는 생산활동을 통하여 국가사회에 이바지한다

이를 위하여 규율과 예의를 바르게 하고…

기업을 전진시키는 것을 목표로 한다"는 참배를

"사장님 계신 일본 열도를 향하여" 하고

"힘차게 일합시다"를 복창하고 나면

컨베이어는 끝없이 밀려와

늦잠으로 아침을 거른

빈 속을 훑어내린다

돌려보고 박고 돌리고 두들기고

모타조립계 내압시험기 앞에서

자동 드라이버 쌔액쌔액거리는 이 라인 저 라인

돈용이도 은숙이도

얼마 남지 않은 내 젊음도

혼자 계실 어머님 모습도

컨베이어 벨트에 실려

이제는 모두가 돌아가는 것뿐

대치근무 일요일의 약속은

어떡할거나

신나게 돌고 열나게 돌고

몇 달 전 꾼 돈은 어찌 갚을거나

라인에 밀리고 생산량에 쫓겨

단순 조립공의 희망과 꿈은 점점 바스라 드는데

욕쟁이 이 차장 눈빛에

하루의 기분은 비스 따라 도는데

불량을 알리는 버저 소리에
깜짝깜짝 놀라는
나는 단순 조립공

오전 휴식 10분
휴지를 대동하고 화장실로 달려가면
이미 그곳은 만원사례
암표도 새치기도 할 수 없는
그곳에 발을 구르며
담배 한 대 꼬나물고
모닝똥 생산에 돌입해도
생산불량, 기동정지다
왜 이럴까 이 궁리 저 궁리 해보지만
결국 작업종이 울리고서야 돌아간다
그 무엇과도 바꿀 수 없는
이 생산의 즐거움

점심시간 40분
줄 서고 밥 먹고 담배 한 대 피우고 나면 작업종
인두에 납이 녹듯
하루가 녹신녹신 녹아가는 오후
한 차례 휴식이 지나가면
하루 해가 기운다
잔업이 남았는데
기운은 다 빠지고
날이면 날마다 생산부족을
강조하는 반장의 종례가 끝나면
비좁은 탈의실의 전투가 시작된다
바쁜 오늘은 인파이팅으로
달겨들어 옷을 입는다

출출한 퇴근길 모여드는 통닭집
겨우 닭똥집에 소주 두어 잔
함께 내면 삼백 원

이곳에서 우리의 희망은 익어간다

우리들만이 지금 이 땅에서 일어나는

이 기막힌 일들을 몸으로 쓸어 안고

가난에 찌든 떨어진 목장갑으로

어루만지며 비로소

이 길고 잔혹한 기다림의 의미를

알아챈다

우리 모두가 무엇이 우리를 끝없이 돌게 하고

힘차게 힘차게 일할수록

점점 죽어가게 하는가를

갖은 욕설, 일당 이천칠백이십 원

어용노조 치하에서 고난을 받는 우리지만

보고 듣고 우리는

아무것도 잊지 않는다

잠 속에 어둠 속에

아무것도 묻지 않는다

—— 눈물에 대하여

김영환 작시

눈물은 축복이다
아무것으로나 함부로 닦지 마라
그 속에 사랑이 흐르고 있다

눈물은 희망이다
그 속에 시가 자라고 있다

눈물의 길이 너무 깊어
밤을 넘을지라도
그 끝은 언제나 기쁨의 새벽이다

눈물은 행복이다
손 흔들지 마라
그 안에는 기필코 사랑이 자라고 있다

── 잔디 같은 당신

권희덕 낭송

잔디를 참 좋아합니다
밟히지만 반드시 일어나 흔들리는
당신 같은 잔디를
더욱 좋아하게 되었습니다

추운 겨울 제 몸을 태워
들녘을 밝히고
숨 막히는 아픔을 안으로 삭이는
당신 같은 잔디를 사랑합니다

상처란, 생채기란
모두가 땅에다가 자신을 박는 일입니다

눈과 비를 땅속에다 드리우는
잔디 같은 당신을 사랑합니다

── 원탑의 꿈
청주고 100주년에 부쳐

원탑교정 그 시절로
돌아가고 싶다

돌아가 다시 한번
원탑의 꿈 안아보고 싶다

푸른 하늘
푸른 산은 그대로인데

누군가 무심천에 벚꽃을 심었다

원탑에서 쏘아 올린 꿈들
도서관에서 키워가던 희망조각들,
손 닿지 않던 키 큰 농구코트,
밴드부 나팔소리에 맞춰
"우로 봐" 사열의 행렬들
구령에 맞춰 출렁대던 총검술 교련시간

원탑에 빨랫줄처럼 걸려 있던
전교 삼백 등 넘는 초라한 성적표조차
그리움이 되었다

내수동
키 작은 아이
자전거 타고 오르던 그 고갯길

돌반과 우수반을
재봉틀로 명찰에 박아
기를 죽이던 선생님들
한 분 두 분 떠나가셨다

친구들도 이제는 허리 굽고
절뚝이고

대청호에는 갈대가,

청남대 물멍쉼터
호수가에는 윤슬이 눈부시다

인생이란 강가에 나무를 심는 일,
길가에 조팝나무를 심고 떠나는 일,
우암산과 무심천이 하나임을 깨닫는 일,

아직도
가난한 동네,
산책 나온 이웃들의
남루한 굽은 등
시린 손 잡아주자
남은 계절의 꽃은
아쉽다

이제는 일찍 잠자리에
들어야 할 시간

이 생에서는 다시 오지 않을
그대와의 꿈

그대와 함께 잠들고
그대와 함께 남은 꿈 꾸자

다시 만나고 싶다
다시 돌아가고 싶다

원탑의 꿈은
아직도 우리 곁에 살아 있다

____ 호치민의 아침

사랑하는 이들은 아직 잠들어 있다
길을 내던 사람들은 이미 세상을 떠났다

이름 없는 사람들은 여명이 되어서야
대통령궁 오른켠에 호 아저씨 수염 닮은
줄기나무 가지 속으로 제 몸을 숨겼다

어둠은 노트르담성당 광장에서 들려오는
성가소리를 들으며 우체국 옆 카페에서
타이거커피를 마시던
이국인들도 편히 잠들어 있다

시간은 언제나 평화의 편이다

용서는 담대한 용기에
담겨 있다. 미워하던
사람들도 밤에는 누군가를 사랑하였다

아름다운 우체국의 추억 속에는
학살과 방화의 참호로 전달된 프랑스 남부 농민의
어머니와 켄터키 농부의 눈물의 기도가
아직도 남아 있다
호치민의 아침은 세상을 사랑으로 둘둘 말아
반쎄오의 쌈으로 빚어낸다

이 시간은
어머니들의 부활의 시간
어머니는 국적이 없다

눈물 속에서 그들은 사랑으로 언제나 하나였다

사랑은 용서를 넘어서야
평화의 땅을 만난다

밤을 기억하는 자

아픔을 영원히 잊지 못하는 사람들이
호치민의 아침에 대고 말한다

"덮는 것이 사랑이다"
사랑하기 위해 잊지 않기 위해 떠나는 것이
사랑이다

오늘도 콩카페에서 어린
베트남 소년소녀들이 계급 없는 군복을 입고
야자수로 만든 콩커피를 만들고 있다
호치민의 아침 도시의 저편 푸미흥의 호숫가에
사랑하는 사람이 잠든 침대에서
종군기자가 핸드폰을 빗겨 들고
시를 적는다

아직 사랑의 전쟁은
끝나지 않았다

── 첫눈

김영환 낭송

온 세상에
첫눈이 내리고

내 사랑
이제 오시려나

꽃잎도 단풍도
다 흘러가고

허물만 남은
내 인생
상처 안고 그대
오시려나

따뜻한
솜이불처럼

달콤한
솜사탕처럼

이제는 누구도
미워하지 않고

마냥 덮는 것이
사랑이라고

속삭이듯 말하네

사랑은
소리가 없어

잠든 이를
깨우지 않고

용서하는 것이
사랑이라고

스스로 제 몸을 녹이네

온 세상에 눈 내리고
내 사랑 이제 오시려나

허물만 남은 내 인생
상처 안고 그대 오시려나

임종

김영환 낭송

똥오줌 받아낸 오십 일 때문이었을까
그는 드디어 내 손을 들어주었다

자식이 웬수라던 불화의 십 년
나는 하는 일마다 그의 가슴을 찔렀다

복학의 길이 열렸으나 끝내 거부했고,
감옥만은 가지 말라던 그의 말조차,
나중에는 손주 손 한 번만 잡게 해달라던
그것조차 못 들어드린 내게

그래 이제 네 생각대로 하려무나
네가 옳은지도 모르겠구나
나는 좋은 아내, 좋은 아들과 살다 간다

심장마비 하루 다섯 번
포도 껍질처럼 변해버린 그의 입술

병원에서조차 가망 없다고
집으로 모셔온 그날

아우가 급히 청계천에서 사 온 공업용 산소통에
기저귀 고무줄 코에 밀어 넣었다
그러고는 그해 겨울을 넘겼다

모든 비난이 내게 쏟아지던 겨울 어느 날 밤
그가 나직이 물었다
무엇 때문에 다시 일어날 가망도 없는 내게
이토록 정성을 다하느냐고

내가 말했다 당신이 여태까지
베풀어주신 것에 비하면
이것은 아무것도 아니라고

저의 운동이라는 것이 힘없고 약한

이웃에 대한 사랑으로부터 시작된 것이 아니냐고

만일 당신이 일찍 저희 곁을 떠나가길
내가 바란다면
나의 앞으로의 삶은 무엇이며
지나온 우리의 삶은 얼마나 잘못된 것이냐고

미어질 것 같은 당신에 대한 죄스러움을 위해서라도
오래오래 사셔야 한다고…

그는 말없이 눈물을 흘렸고, 그날 밤
잠든 내 손을 잡고 당신 손으로 호스를 빼고는
내 곁에 영원히 누웠다

이제 그토록 원하시던 복학도, 결혼도 하고
잠든 아이들 곁에 누우니
어둠 속에서 그가 내 곁에 와 함께 눕는다

____ 이감 가는 어머니
홍성교도소로 이감 가는 고속도로 위에서

김영환 낭송

엄니 지금 나 가고 있어요
까까머리 의사 되러 서울 가던 길
눈보라 날리던 낯선 도시로
솔단지 김장배추 여 나르셨지요

쌀가마 메주콩 힘에 부쳐도
구절초 약병아리 챙겨 싸매고
고속버스 짐차냐고 내팽개쳐도
의사 될 아들 보러 오시던 그 길

곱던 얼굴 주름살 늘어갈 때
소 팔고 논 팔아 올려보내고
한 달이 멀다 하고 날 보고파
천 리 길 달려서 오실 때에도
엄니는 이 길로 오셨더랬지요

엄니 지금 나 가고 있어요

유치장 아들 찾아오시던 이 길
붉은 눈으로 빈 하늘 보며
죽음만큼 진한 눈물 흘리시면서도
쉬지 않고 묵주알 굴리셨겠지요

시골에 앓는 아비 홀로 남겨놓고
몇 끼 걸러 쓰린 배 움켜쥐고
가막소 당신 아들 보러 달려올 때도
엄니는 이 길로 오셨겠지요

오랏줄 동여매고 쇠고랑 차고
재판소 당신 아들 끌려 나올 때
흐르던 뜨건 눈물 뿌리며 가신
엄니 나 그 길로 가고 있어요

엄니 나 지금 보고 있어요
온몸 묶여 다른 감옥 실려 가면서

창밖에 앞서가는 엄니 모습 보고 있어요

오늘 흘린 이 눈물이
온 산을 적시고
마른 강 위에 꽃 무지개 피어오르면
울 엄니 목말 태고 노래 부르며
한없이 통곡할 그 길이기에

서러워도 나 아직 울지 않아요
가두어도 나 지금 웃고 있어요

——— 불타는 바그다드의 어머니

김영환 낭송

0. 프롤로그

나는 오늘, 죽이는 자의 눈이 아니라
죽어가는 자의 눈으로

나는 오늘, '충격과 공포'에 떨고 있는
불타는 바그다드 어머니의 눈으로

나는 오늘, 내 어린 두 딸아이와
불타는 바그다드에서 죽어가는 어린 딸들이
똑같이 아브라함의 자손이라는 믿음으로

나는 오늘, 지난날 나의 조국에서 벌어진
무수한 침략과 학살의 전쟁과
메소포타미아의 모래언덕 위에서
벌어지는 침략전쟁의 이름이
어쩌면 같을지 모른다는 생각으로 이 글을 씁니다

나는 오늘, 23년 전 광주에서 흘린
어머니들의 눈물과 이라크 어머니들의 눈물이
똑같은 염분과 수분으로 구성되어 있다는 믿음으로
이 글을 씁니다

나는 오늘, 세계 곳곳에서 전쟁을 반대하면서
불바다가 된 바그다드의 호텔방에서,
바리케이드에서 뜬눈으로 밤을 새우는
인간방패인 그들과 우리가 하나라는 생각으로

한반도의 더 큰 눈물의 폭풍이
밀어닥칠지도 모른다는 불안한 예감을 안고

1. 돌아가는 길

나는 지금 화면에서
당신들을 찬찬히 들여다보았습니다

살기 위해서 넘은 이라크의 국경을

이제 죽기 위해서 넘는다는

절망의 절규를 듣고 있습니다

"내 가족 모하드를 만나기 위해

어린 동생과 오빠의 손을 잡고

이라크 국경을 넘었지만,"

"그러나 무자비한 폭격 속에서

불타는 바그다드를 바라보면서

우리 가족은 이라크로 돌아가기로 하였습니다"

당신은 불타는 바그다드의 어머니가 되었습니다

2. 타고 남은 뒤

세계 최대 매장량을 가진 이 나라의 오일이

불에 타고 남은 뒤

수천, 수만의 민간인들의 주검 위에
제국의 깃발이 올라가고 난 후

후세인도 사라지고
이라크 병사들도 사라지고 나서

증오와 적의가 모래폭풍처럼
휘몰아칠 것입니다

움푹 패인 탱크의 그림자를
텅 빈 대지 위를 떠도는 모래바람이
한순간에 덮어버릴 것입니다

이곳이 이라그인 땅임을 소리 지르며
그곳에서, 그들은 자손만대의

수많은 모하드를 다시 키우게 될 겁니다

3. 모든 폭탄의 어머니

누가 지금 바그다드 상공에 떨어지는
네이팜탄의 주인입니까?
누가 쓰다 남은 폭탄을
남김없이 사용하고 있습니까?

거대한 불기둥을 내뿜으며
매처럼 날아가는 토마호크 크루즈 미사일은
어디에서 발진하였나요?
한 치의 오차도 없이 날아간 흔적도 없이
태워버리는 스마트폭탄을
누가 만들어 사용하였는지…

아! 그 얼마나 검고 매끈한 몸매와

날렵한 모습이던가!
군살이라고는 한 점도 없는
초고속의 최신예 F-117A 스텔스기!

이라크의 어머니들을 단숨에 공포로 몰아넣던
무려 9.5톤의 모든 폭탄의 어머니는
누구의 소유인가요?

그러나 우리의 가슴속에는
불타는 바그다드 어머니들의
분노와 눈물이 자라고 있습니다

4. 앨더브란
미국 커밍햄의 13살짜리
살롯 앨더브린이 말했습니다

"운이 좋다면, 우리는 스마트폭탄에 의해
그 자리에서 죽을 것이고
운이 없다면, 열화 우라늄탄 때문에
악성림프종에 걸려 죽음의 병실에서
천천히 고통스럽게 죽을 것이다"

"이라크에 폭탄을 떨어뜨리던 그 순간에
여러분 머릿속에는 제 모습이 떠올라야 합니다"

"이걸 아세요?
이라크에 살고 있는 2천 4백만 명 중에서
절반 이상이 15세 미만이라는 것을?"

만약 이 땅에 이 전쟁 이후에 살아남는
모하메드가 있다면
그들의 눈망울에는 복수의 그림자가 짙게
드리워질 것입니다

5. 아! 메소포타미아여!

오늘 바그다드에 쏟아지는 가공할 만한 폭탄들은
티그리스와 유프라테스강의 삼각주를 끼고
만들어낸 메소포타미아 문명을 향해
정조준되었습니다

창세기의 에덴동산이 바로 이곳,
믿음의 조상 아브라함의 고향이기도 한 이곳,

선지자 요나를 삼켰던 고래의 뼈가 발견되었던 이곳

고대 유적지 1만여 개가 숨 쉬고 있는 이곳이
이제는 돌이킬 수도 복원할 수도 없는
폐허가 되었습니다
누가 이렇게 만들었습니까?

나는 오늘 아프가니스탄에서 탈레반들이

2001년 고대 불교 유적지인 바미안 석불을
다이너마이트로 파괴한 야만성과
바그다드의 고대 유적의 파괴를
함께 바라보고 있습니다

6. 신생아를 부둥켜안고

불타는 바그다드의 어머니인 아드라라는
신생아인 아타리드를 부둥켜안고
병원에서 울고 있습니다

"아타리드가 얼마나 오랫동안 치료받아야 합니까?"
"아타리드가 죽을 때까지요"라고
그녀는 말했습니다

"정말 나의 조국 미국이
이런 일을 저질렀단 말인가!"

지각 있는 미국인들이 외치고 있습니다

그날 화려한 전쟁의 지휘자 부시는 로라와 함께
캠프 데이비드 별장으로 떠났습니다

수많은 이라크인들을 지하벙커에 묶어둔 채
어둠보다 더 짙은 두려움 속에 남겨둔 채 말입니다

7. 이상한 전쟁
브래들리 장갑차와 M1A2 전차를 앞세운
미 해병대와 보병은 거침없이
승리를 향해 진격하고 있습니다

전의를 상실한 이라크 병사들은 속속 투항하고
미군은 피 한 방울 흘리지 않은 채
승리를 거두고 있습니다

유전은 지키고 이라크 시민들의 머리 위에는
폭탄을 퍼붓는 이 이상한 전쟁 행위를
지켜보고 있습니다

8. 인류의 양심에 대한 공습
지금 이라크 국민들 위로 쏟아지는 폭탄은
인류의 양심과 이성에 대한 공습입니다

평화를 향한 세계인의 열망과
인간의 존엄에 대한 도전입니다

왜 사람들은 무자비한 살육과 학살이 자행되는
전쟁의 이름 앞에 고운 꽃의 이름을 붙일까요?

왜 사람들은 '평화와 자유'가 적혀 있어야 할 자리에
'충격과 공포'라는 팻말을 적어두려는 것일까요

티그리스와 유프라테스의 강물을 피와 눈물의
강으로 만들고 싶어서요?

이 눈물과 피가 고여 석유가 되기 때문일까요?
이 고통과 공포가 썩어 기름이 되기 때문일까요?

9. 이라크의 가족사진

당신 모하드가 두 팔을 뒤로 묶인 채
바닥에 무릎을 꿇고 있습니다

모하드 아내가 머리에 파편이 박힌
아이 곁에서 울고 있습니다

"인간다운 삶을 살지 못할 바에는
명예로운 죽음을 택하겠다"던
아들의 모습도 보입니다

이 가냘픈 손으로 적는 가는 시 한 편이
당신 가족의 머리 위로 날아가는 폭탄을
막아줄 수 있으면 좋겠습니다

당신과 나 사이에
티그리스강만큼 더 긴 사랑의 강이 흐르고 있습니다

10. 평화의 불씨 한 점
이라크의 전쟁을 지지하는 대가로
우리는 평화를 사려고 했습니다

우리나라에서는 이라크에 군인을 보내면서
그것이 국익 때문이라고 했습니다

이라크 침공 전쟁에 참여해서, 한반도의 전쟁을
막겠다는 어처구니없는 일이 진행되고 있습니다

그러나, 그러나 말입니다. 우리나라의 많은 이들은
수많은 이라크인과 전 세계인의 눈물과 사랑을
석유 몇 방울로 바꿀 수는 없다고 생각합니다

불기둥 속에서 매캐한 연기 속에서
쓰러져가는 당신들의 아이들을 위해
우리들의 가슴속에 오늘도
평화의 불씨 한 점을 키워갑니다

언젠가는 평화의 폭풍이 되어
우리의 눈물과 한숨을 날려버릴
평화의 불씨 한 점을 말입니다

11. 에필로그 – 생일선물

막내 하늬의 생일선물을 사 들고 집으로 돌아가다가
별빛이 쏟아지는 하늘을 올려다봅니다

스커드의 섬광이 나르는 바그다드의 하늘 아래
두려움의 이불을 덮고 있을 어린 딸이 생각납니다

봄볕 같은 사랑이라

들고 가는 선물꾸러미에
이라크의 별 하나가 사뿐히 내려와 앉았습니다

____ 참나무를 위한 변명

우리에게는
용서를 구하는
용기만이 남아 있죠

나의 또 다른 이름은
떡갈나무
참나무

그대를
잡초밭에 세우고
잡목이라 부른
저를 용서하세요

추운 겨울
몸을 태워
기난한 이들을 덥히고

숯이 되었죠
숯덩이가 되었죠

가슴팍은
표고버섯의 둥지를
만들고

외로움으로
주림을 달래

숯이 되었죠
숯덩이가 되었죠

나에게는
용서를 구하는
용기만이 남아 있죠

"베어버릴 거야"
"잘라버릴 거야"

치욕의 밤을
견뎌냈지요

나의 또 다른 이름은
떡갈나무
참나무

"사랑은
외로움을 견디는 일"

그대를 잡초밭에 세워
그대를 잡목이라 부르고

우리에게는

용서를 구하는

용기만이 남아 있죠

── 먼 산을 보고 걸어라

산 뒤에 겹겹이 먼 산
잡히지 않고 소리 내지 않고
누워 있는 산

구름 위에 몸을 기대고
안개 속에 좌욕하고
앉아 있는 산

먼 산은 편안하다

먼 산은 지난날을 돌아보게 한다
한숨짓지 않는다

고개를 들어 먼 산을 보면
숨을 길게 들이쉬면

고욤나무와 대추나무가

봄의 길목을 지키고 서 있다

무덤가에 둥굴레가
꽃봉오리를 잉태하고
제 몸집을 키운다

봄꽃이 끝물이다

왕벚꽃 지고 복사꽃 지고
철쭉이 외롭게 봄의 성을 지키고 서 있다

____ 조팝나무

봄이
터진다

벙울벙울
봄이 터진다

너와 나 사이에
사랑이 터진다

벙울벙울
튀밥처럼 꽃망울이 터진다

풀잎이 아니어도
좋아라
꽃잎이 아니어도
좋아라

사랑에는

내일이 없다

사랑처럼

꽃잎처럼 봄이 터진다

너와 나 사이에

사랑이 터진다

—— 울 엄니

엄니 떠나고 나서
울 엄니 떠나고 나서

그리움 깊어
강이 되었다

엄니 떠나고 나서
울 엄니 떠나고 나서

그리움이 쌓여
산이 되었다

나 이제
구름 되련다
나 이제
바람 되련다

엄니
울 엄니
떠나고 나서

사랑이 겨우
완성되었다

── 단 하나의 사랑

하늘에는 별이 많아도
들에는 꽃이 많아도
어머니는 한 분이시다

어둠 속에서도 사라지지 않고
햇살 눈부셔도 날아가지 않고
어머니는 살아 계시다

어머니의 눈물은
강물보다 길다

가시 박혀 잠 못 이룬 밤이
사랑이 된다

다가가지 않아도
다가서지 않아도

지울 수 없는
단 하나의 사랑

강물에도 흘러가지 않고
낙엽처럼 날아가지 않고

내 마음속에
숨어 사는 사랑

소리 내지 않고
소리 나지 않고

그림자처럼
그림자처럼

내 마음속에
숨어 계신 사랑

⎯⎯ 멍

산다는 것은
호숫가에 나무의자를
가져다 놓는 일이다

그곳에 혼자,
둘이 앉아

흐르는 강물을
바라보는 일이다

말 건네지 않아도
서로의 숨결을
느끼는 일이다

산다는 것은
강가의 빈 이자를
남겨두고

홀로 산을 오르는 일이다

언제인가
언제인가는

빈 의자를
바라 돌아보는 일이다

── 그놈이 왔다

단풍 들고
낙엽 질 때

이름도 없는
총총이 그놈이
눈을 떴다

황토밭에서 자란
고구마처럼 튼실한
그놈이 웃으며 왔다

사랑산 저 너머
달천강 건너

단풍 들고
낙엽 질 때

그놈이 왔다

새벽닭 울고
새소리 분주한

아침 물안개 속으로
그놈이 왔다

──── 단풍

덧없어라
그리운 이는
떠나고

제 몸을 붉혀
계곡을
덮네

외로워라
사랑하는 이는
떠나고

가을바람
한 점에

닉 엽 지고
단풍 들고

덧없어라
그리운 이는
떠나고

제 몸을 붉혀
세상을
덮네

____ 개망초

그리운 이 떠나고
묵정밭에 개망초 핀다

그리운 이 떠나고
봄바람이 개울을 건넌다

사랑은 언제나 말이 없다
사랑은 언제나 남은 자의 몫이다

그리운 이 떠나고
묵정밭에 개망초 핀다

—— 불쏘시개

그대가 아낌없이 준 사랑이 불빛이 되어
타오르네 더 뜨겁게 타오르네

시간 지날수록 그리움이 불쏘시개가
되어 빈 들을 태우네

그대는 누워 있고 우리를 깨우네
그대가 아낌없이 준 사랑이 별빛이 되어
밤하늘에 떠오르네 밝게 떠오르네
세월이 지날수록 추억이 불쏘시개가 되어
빈 들을 밝히네

그대는 사라지지 않는

____ 고향

논 위에
벼들이 넘실대고

형제들은 나이가 들어도
다투지 않았다

어둠 속에서 보름달 하나 별빛 하나가
어둠 속에서 공연을 시작했다

가을이 다 오지는 않았고

단풍은 슬금슬금
하산을 시작했다

어둠이 검은 인절미처럼
누릴 감싸안았다

우리에게는 아직 사랑할 시간이
남아 있다

—— 낙엽 2

한 생애를 다 살고 나서
눕는다는 것

누구와 길 위에
눕는다는 것

사랑은
내 한 몸을
그대의 가슴에 눕히고

그대를 내 가슴에
묻고 나서

혼자서 길을 떠나는 일이다

더 늦지 않게
길을 떠나는 일이다

사랑하는 사람들과 길 위에
몸을 맡기는 일이다

산다는 것은
천천히 함께 늙는 일이다

──── 인생

내 인생에
단 하루만 남아 있다면

우리 사랑은
완성될 수 있을까?

내 인생에
단 하루만이 허락된다면

이 세상에서 누구와
입맞춤을 할까?

못다 한 얘기
잊혀진 이름들
다 떠나보내고

단 하나의 문장만

남기고 떠날 수 있다면

하루만
단 하루만
남아 있다면

—— 눈꽃 사랑

사라지고 말이 없네
그대 눈꽃 사랑

봄바람으로 돌아오네
그리움으로 다가오네

그대는 겨울에
눈꽃 사랑 내게 주시고

나는 봄바람 묵정밭에
매화꽃으로 피었네

그대는 내게 순백의 사랑을 주시고
개울 건너 먼 산에 먼저 누웠네

그대는 겨울에
눈꽃 사랑을 내게 주시고

나는 봄바람 묵정밭에
매화꽃으로 피었네

사라지고 말이 없는 그대

봄바람으로 돌아오네
그리움으로 다가오네

___ 느티나무

마당 귀퉁이에 혼자 서 있다

눈길 한번 주지 않아도
서러워하지 않았다

더 바라는 것 없어
외롭지 않았다

봄에는 새순 돋고
가을에는 낙엽 진다

더 바라는 것 없어
슬프지 않았다

바람도 머물게 하고
빗방울도 쉬게 한다

마당 귀퉁이에 혼자 서 있다

___ 말티재에서

어느 음악가보다 뛰어나고
어느 화가보다 위대하고
어느 연출가보다 탁월한
그놈이 왔다

봄이다

⎯⎯ 봄

사랑하는 것들 빼고
다 버리고 가라고

새벽에 꽃샘바람과 함께
시가 왔다

아내는 잠들어 있고
시는 도시를 떠나왔다

커피 향에
잠을 털고

번잡한 것들을
꿈에 묻었다

양지바른 무연고 무덤가에
가는 잎 할미꽃이

봄바람에 몸을 흔들었다

봄맞이꽃들의 축제다

돌양지꽃과 가시붓꽃이
꽃잎을 열었고

봄 쑥과 원추리가
돗자리를 깔았다

무슨 죄가 그리 많아
할미꽃 고갤 숙이지?

별거 아닌데
정말 산다는 거 별거 아닌데

무연고 무덤에

봄이 왔다

사랑하는 것들 빼고
다 버리고 가라고

양지바른 무연고 무덤가
야생화 핀다

사랑하는 것들 빼고
다 버리라고

──── 백합나무

못 다 부른 노래가
낙엽이 된다

날고 싶어
저 푸른 하늘로 솟아오르고 싶어

못다 부른 노래가
가을바람에 흔들린다

잠시 머무르고 가서
외롭다

외로운 것만큼만
눈부시다

흐르는 눈물이 강물처럼
흐르는 눈물을 밀어낸다

흐르는 눈물이 파도처럼

흐르는 눈물을 밀어낸다

── 아하, 봄이었구나

나뭇등걸 위에
걸쳐 앉은 눈꽃이
아하, 봄이었구나

산을 덮은
눈꽃 이불이
아하, 강이었구나

새싹이 솟아올랐다
아지랑이가 피어올랐다

봄이 나날이 새로운 단장을 하는 동안
아하, 우리는 늘 참지 못하고
서성거렸구나

그런 기었다, 인생아
바둥거리다 마는 거였다

너와 내가

눈과 봄이

하나로 엮이는 거였다

── 봄의 속삭임

빗속을 지나서야 만난다네
자두나무에 핀 꽃

어둠의 담장 위에
개복숭아꽃
늘어진 가지에 피어난다네

매화가 지고
산수유 지고
내 젊음도 지고

사랑하는 사람들 세상
하나둘 떠나가고

보이네
꽃들이 속사임

___ 비

비는 말이 없다

비는 슬픈 얼굴을
하지 않는다

묵묵히 어린싹을
자라게 할 뿐

미소를 짓지 않는다
비는

____ 돌아오라 그대

돌아오라
아이들아

골목길에서
너희들이 못다 부른 노래가

붉은 단풍 되고
샛노란 낙엽 진다

새봄에는 새싹처럼
돌아오라
눈물에 이어 눈물이
흐른다

수척의 어머니 곁으로
꽃을 든 친구들 곁으로

아지랑이 피어나는
봄의 들녘 돌아오라
아이들아

____ 비가 온다

비는
누구에게나 각별하다

비는 언제나
지나온 길을 따라
온다

바람에
몸을 맡긴 채

첫 만남의 설렘으로
속삭인다

사랑은 빗방울처럼
누구에게나 각별하다

── 산

비가 소리 없이 내리고
산이 눕는다

피지 않은 꽃과
이름 없는 풀들이

별빛 아래
잠든다

산은
기다릴 줄을 안다

비가 소리 없이
내리고
산이 눕는다

─── 물안개

슬픔이 흘러
비 내리고

네가 떠나고 나면
남는 것은
바람소리뿐

하늘 위로
함께 꾼 꿈들이 날아올라
눈물이 흘러
비 내리고

내가 떠나고 나면
남는 것은
소슬바람뿐

구름 위로

함께 부른 노래만 남아
슬픔이 흘러
비 내리고

인생은 아름다웠고
사랑은 물안개처럼

네가 떠나고 나면
내가 떠나고 나면

───── 사랑의 무게

나는 고통을 견디고
사랑을 얻었다

세월이 흘러
낙엽처럼 홀연히 내가 세상을 떠날 때

나를 사랑하는 이들이
슬픔으로 뒤척이지 않도록
몸을 식히는 일

그들은 그리움의 숲을 지나,
추억의 산에서 만날 것이다

어쩔 것인가
언젠가는 이별이 예약되어 있고
시간의 기차가 종전을 향해
떠나가고 있으니

점점 그리움은 깊어지고
달아오르니

이제는 이 세상에서
사랑의 무게를 지고
남은 산을 오르는 일

이별의 고통은
뒷일로 남겨둘 뿐

그리움은
속수무책이다

돌아보면 나도
가난을 견뎌
사랑의 노래를 얻었다

──── 봄비

봄비는 소리 없이 내리고
어둠이 언덕 너머에서 비틀거리며 다가왔다

산수유 핀 언덕,
진달래 만발한 산등성,
강변의 민들레 꽃잎 위로

봄비는 집요하다
아지랑이 봄바람 타고 연인들 사이에 기어이
스며든다

매화 꽃잎도
산수유 꽃잎도
꽃들은 언제나 손잡고 핀다

그 꽃잎 위에 봄비는
소리 없이 낙하한다

꽃잎을 깨우지 않기 위해

봄비는 스스로 가볍다

─── 새벽별

길에서
만나세

집을 나서

새벽별을 함께
보기로 하세

걸어가며
속삭이며
남은 시간들은
그대를 만나

지는 해와
피는 꽃을
먼 눈길로
그윽하게

그대가 이 세상에 만난
가장 각별한 꽃이었다네

길에서
만나세

집을 나서

—— 풀

사람이 모여
사랑이 된다

산다는 것은
사랑을 견디는 일

사람이니
사랑한다

산다는 것은
사랑을 살아내는 일

사람이 모여
사랑이 된다

____ 풀 2

나무도 풀도
시보다 아름답다

사람이 모여
사랑이 된다

사랑하니 사람이다

사람이 모여
사랑이 된다

너에게는 지금 풀이지만
나에게는 언젠가는 꽃이었다

——— 오늘 하루만은

오늘 하루
내 인생의
최고의 날

커피 향 은은하고
오늘 하루 이 순간

그대와 함께 있는 이 순간이
내 인생 최고의 순간

행복은
먼저 손을 내밀지 않는다

하루만
단 한순간만
손을 내밀 뿐

그대의 목소리는
천상의 소리

그대와의 일상은
최고의 행복

사랑은
먼저 손을 내밀지 않는다

___ 이모

세상 떠나는 이모님께
접시꽃 닮은 어머니 만나거든
안부 전해달라고 당부했네

장독대 옆 작은 마당 한구석에
접시꽃 피고
백반 섞어 손톱 물들이던
봉숭아 꽃 피었다고

한밤에 달 뜨거든
꿈속에라도
한번 다녀가시라고
전해달라고 했네

지나온 길은
모두가 아쉬움뿐이었다고
떠나간 이들은

모두가 그리움뿐이라고

하늘나라 가시는 이모님께
접시꽃 닮은 어머니 보시거든
전해달라고 신신당부했네

지나온 길은
모두가 아쉬움뿐이었다고
떠나간 이들은
모두가 그리움뿐이라고

＿＿ 이제서야 알았네

커피 향
좋아하던
그대 곁에

못다 핀 꽃
어디에서 피는지

그대
떠나고 난 후

커피 향
좋아하던
그대 곁에

외로움의
그 자리 위에
그리움의

이불을 덮고

피어
난다네

못다 핀
꽃 한 송이

_____ 회상
《지난날의 꿈이 나를 밀어간다》 중에서

나는 부끄러웠다
주방장 아들로 이에 고춧가루
짜장면 냄새가 난다고 놀림을 받던 아주 어린 시절

나는 그때 부끄러웠다
무학의 부모 알아보기 힘든 글씨로
반성문을 쓰라고 권하는 편지를
교도소 검열관과 내게 보내왔던 그 시절

그때 나는 화가 났었다
나의 무능력과 불안정한 조건,
턱없이 못 배운 부모가 저울에 함께 달려
첫사랑이 결혼으로 나아가지 못했을 때

아 나는 참을 수가 없었다
1980년 5월 총장에게서 날아온
제적통보서의 마지막 구절이 눈에 들어왔을 때

"신의 은총이 당신과 함께 하기를…"

아 나는 치를 떨었다
그때 나의 공소장에 적혀 내 가슴을 후벼파던
"자신과 자신의 가족들이 처한 어려움과 가난이
사회의 모순에 기인한 것이라고 여긴 나머지
정부에 반대할 것을 마음먹고…"

나는 지난날의 그 긴 터널 속에서
보았다

누가 무엇 때문에 손바닥을 뒤집고
누가 어디에서 허물어지는가를

그런데 그들도 그리 멀리 가지는 못하였다

——— 이파리의 노래

나도 한때는 꽃잎으로
태어나고 싶었다

어느 봄날
길가의 함박웃음으로
피어나고 싶었다

나는 가장 흔해 빠진 이파리
눈길 한번 못 받는
작은 이파리

햇살 받아
밤낮으로 꽃들에게 사랑을 보냈다

열매가 생겨나고
씨앗으로 여물 때까지
쉬지 않고 일했다

나도 한때는 꽃잎으로

태어나고 싶었다

——— 인생이란

인생이란
사랑하는 사람들과
눈물의 이불을 덮고
길 위에 눕는 일이다

함께 부른 노래가
산사의 풍경 위에
바람 소리로
남는 일이다

사소한 그리움으로
이토록 보잘것없는
외마디 신음 소리로

사라지는 일이다

말없이 사라진다는 것은

소중한 일이다

인생이란
사랑하는 사람들과
눈물의 이불을 덮고
길 위에 눕는 일이다

── 천사의 나팔

재즈가 흐르고
천사의 나팔이 피어올랐다

호숫가에 비 내리고
그리움처럼 슬픔처럼
선율이 흐른다

사랑으로 목마른 꽃잎 위에
그리움으로 숨 가쁜 나뭇가지 위에
햇살 내린다

비가 내리고
어둠이 내리고
문의마을 길가에
금계국 피고
백합나무가 드디어
길을 열었다

사랑하는 사람들은
모두가 몸을 흔든다

선율에 맞춰
외로움에 깃든 풀잎들은
하나둘 몸을 부빈다

인생은
재즈처럼 율동이다

── 무심천

산이 높지 않다고
서러워 마세요

산이 낮을수록
달은 높이 뜨고

우리가 숲이 되면
되지요

강이 크지 않다고
탓하지 마세요

강이 작을수록
윤슬은 빛나고

우리가 흘러가면
되지요

우리는 어차피
산이 되고
언젠가는
강이 되죠

산이 높지 않다고
서러워 마세요

강이 크지 않다고
탓하지 마세요

── 산에 머문 달

산이 누우니
비가 내린다

산이 자리를 펴고
누우니

피지 못한 꽃과
이름 모를 풀들이

별빛 아래
잠이 든다

산은 언제나 스스로
드러내지 않으니

그제서야 달빛이
조용히 머물다 간다

____ 소백산

사람을 살리는 산 소백에
철쭉꽃 핀다

자기를 낮춰 소백이런가
겨울에 눈 이불 덮고

진달래 지고
원추리 피고

허기진 긴긴밤
하늘 아래 화전민이 눕고

포성 울리던 그 새벽에는
산기슭에 피난민을 안았다

사람을 살리는 산 소백
철쭉꽃 핀다

—— 꽃들

바람에 조금 흔들릴 뿐
어김없이 서 있었다

새벽 햇살을 받아 안고
어김없이 꽃을 피웠다

언제나 말이 없었고
제각각 향기를 남겼다

시샘하지도
뽐내지도 않았다

하필이면, 하필이면
그대를 꽃이라 불렀다

바람에 조금 흔들릴 뿐,

서로 제각각 꽃들은

그곳에 서서 움직이지

않았다

움직이지 않는 것이

사랑이다

바람에 조금은 흔들릴 뿐

어둠 속에서 조금 뒤척일 뿐

___ 여행

강물에 나뭇잎이
몸을 맡기듯

바람에 꽃잎이
흩날려 사라지듯

운명은 운명대로
흐르게 하라

밤이 오면
어둠 속에서
별을 보고

새벽이 오면
피어오르는
물안개를 보고

인생은

기다리는 여행이다

——— 가을에는

가을에는
사랑하는 사람들
모두 모여놓고
낙엽처럼 떠나간다

가을엔 단풍 들고
타올라 불타올라

자신을 붉히고
세상을 덮어야 한다

사랑한다는 것은
외로움을 견디는 일

사랑한다는 것은
이별을 견디는 일

가을 길을 가다가

그대를 만나고

── 노를 다오 이제 강을 건너야겠다

노에게는
자리가 없다

노를 젓는 일에는
명예가 없다

노를 다오
이제 강을 건너야겠다

—— 시루섬의 석양

그날 물탱크 위에서
세상을 떠난 백일둥이의 이름을
오늘에서야 불러봅니다
그의 이름은 시루입니다

1972년 8월 19일,
시루섬의 비가 50년을 지나 오늘 여기
다시 내립니다

이름을 짓기도 전에 세상을 떠난
백일도 채 안 된 아이의
눈물이 내립니다

그 아이의 이름은 시루입니다
시루의 다른 이름은 희생이며 희망입니다

포기하지 마라

끝끝내 살아내야 한다는
외마디 유언입니다

아이의 주검을 부둥켜안고
살아난 237명의 피눈물이
하염없이 단양호에
흘러갑니다

시루섬 눈물은 강물이 되었다가
점점 호수가 되었습니다

우리는 오늘 시루의 비석 위에
9,594명 수몰민의 이름을 적고
그 아픔 위에서 다시 시작하려고 합니다

우리 모두가 시루가 되고,
우리가 딛고 선 이곳이

모두가 시루섬이 되어

부둥켜안고
손 놓지 않고
외칩니다

——— 강을 따라 다리를 건너

강을 따라 다리를 건너
그리움만 남았네

강을 따라 다리를 건너
그대가 몸을 누였네

다 주고 떠났으니

말하지 않아도
알게 되지

속삭이지 않아도
듣게 되지

그대는 향기로만 말하네

강을 따라 다리를 건너

그대가 먼저 누웠네

다 주고 떠났으니
그대는 그리움만 남았네

—— 종착역

그대가 주고 간 사랑이
내 가슴에 남아

밤길을 밝히네

그대가 두고 떠난 그리움이
내 가슴에 남아

새벽별이 되었네

사랑은 언제나
그리움의 종착역에 닿는다

돌아갈 수 없어서
사랑은 그리움이다

그대는 떠나고

그대는 언제나 내 곁에 있다

내가 꽂인 줄도 모르고

2024년 11월 6일 초판 1쇄 발행

지은이 김영환
펴낸이 이원주 **경영고문** 박시형

책임편집 고정용 **디자인** 진미나
기획개발실 강소라, 김유경, 강동욱, 박인애, 류지혜, 이채은, 조아라, 최연서
마케팅실 양근모, 권금숙, 양봉호, 이도경 **온라인홍보팀** 신하은, 현나래, 최혜빈
디자인실 윤민지, 정은예 **디지털콘텐츠팀** 최은정 **해외기획팀** 우정민, 배혜림
경영지원실 홍성택, 강신우, 김현우, 이윤재 **제작팀** 이진영
펴낸곳 (주)쌤앤파커스 **출판신고** 2006년 9월 25일 제406-2006-000210호
주소 서울시 마포구 월드컵북로 396 누리꿈스퀘어 비즈니스타워 18층
전화 02-6712-9800 **팩스** 02-6712-9810 **이메일** info@smpk.kr

© 김영환(저작권자와 맺은 특약에 따라 검인을 생략합니다)
ISBN 979-11-94246-33-6 (03810)

쌤앤파커스(Sam&Parkers)는 독자 여러분의 책에 관한 아이디어와 원고 투고를 설레는 마음으
로 기다리고 있습니다. 책으로 엮기를 원하는 아이디어가 있으신 분은 이메일 book@smpk.kr로
간단한 개요와 취지, 연락처 등을 보내주세요. 머뭇거리지 말고 문을 두드리세요. 길이 열립니다.